鬧鬼圖書館7

住在樹屋上的鬼

愛倫坡獎得主桃莉・希列斯塔・巴特勒作品

簡禾 ◎ 譯

晨星出版

幽靈語彙

膨脹 (expand)
幽靈讓身體變大的技巧

發光 (glow)
幽靈想被人類看到時用的技巧

靈靈棲 (haunt)
幽靈居住的地方

穿越 (pass through)
幽靈穿透牆壁、門窗和
其他踏地物品（也就是實體物品）的技巧

縮小 (shrink)
幽靈讓身體變小的技巧

反胃 (skizzy)
幽靈肚子不舒服時會有的症狀

踏地人 (solids)
幽靈用來稱呼人類的名稱

嘔吐物 (spew)
幽靈不舒服吐出來的東西

飄 (swim)
幽靈在空中移動時的動作

靈變 (transformation)
幽靈把踏地物品變成幽靈物品的技巧

哭嚎聲 (wail)
幽靈為了讓人類聽見所發出的聲音

第一章

祕密社團

「**是**誰又沒關電視就離開？」坎朵爾先生咕噥著走進客廳，拿起遙控器把電視關掉。

「嘿！」小約翰在沙發上方盤旋，大喊：「我們正在看耶！」

「他聽不見的。」凱斯提醒弟弟。

「對喔。」小約翰說。

凱斯與小約翰都是幽靈。他們以前跟著家人一

起住在廢棄的舊校舍裡，但是校舍被拆除後，他們一家就流離失所，各自分散了。凱斯和小約翰現在住在圖書館，同住的還有他們的好夥伴——踏地女孩克萊兒，以及她的家人。

克萊兒可以在幽靈不發光時就看到他們；沒有發出哭嚎聲時也能夠聽到幽靈的聲音。她的爸爸坎朵爾先生就沒有這項能力了。

小約翰全身發著光飄過來，對著坎朵爾先生哭嚎，「我們……正在……看……電視……」

克萊兒的爸爸嚇了一跳，他現在能看到現身的小約翰了。「抱歉，」他邊後退邊說：「呃……我……忘了現在跟一群幽靈同住在一個屋簷下了。」

「才不是……一群……幽靈……」小約翰繼續

哭嚎：「只有⋯⋯三個。」

　　貝奇是除了兩兄弟以外的第三個幽靈，他跟凱斯與小約翰沒有親戚關係，但他待在圖書館的時間比他們久。貝奇喜歡閱讀勝過於看電視，所以他現在應該是在樓下看書。

　　克萊兒的爸爸把電視重新打開，並且轉身準備離開。

　　「你⋯⋯想要的話⋯⋯可以⋯⋯跟我們⋯⋯一起⋯⋯看電視⋯⋯」凱斯發出哭嚎聲說道。幾週之前，他只學會了哭嚎，現在他還不會發光。

　　「喔，我就不用了。」克萊兒的爸爸回答。他看不到凱斯，所以只能對著凱斯右邊幾公尺的地方說話。

　　「來嘛⋯⋯來！留下來⋯⋯和我們一起⋯⋯看

電視，」小約翰哭嚎說道，「這節目……很好看……」

「不……不用了，謝謝你們。」克萊兒的爸爸邊說邊看了一下手錶，「克萊兒很快就會回來了，現在可能已經到了，或許她會跟你一起看電視。」說完就匆匆地走了。

小約翰的光熄滅了，他問凱斯，「克萊兒的爸爸為什麼不喜歡我們？」

「我不認為他不喜歡我們。」凱斯回答。

「他不喜歡在我們身邊，」小約翰說：「他一知道我們在房間裡，就會趕快離開。」

凱斯也有注意到，「我想，他應該是覺得在我們身邊很怪吧！」

「為什麼？」小約翰問。

「畢竟我們是幽靈啊，而他是踏地人。」凱斯解釋。

「所以呢？」小約翰聳聳肩。

「所以，我們可以看到他，但是他卻不能看到我們，這種感覺一定很奇怪，別忘了，一開始他甚至不知道幽靈的存在，直到克萊兒與她的媽媽、奶奶告訴他關於我們的事情。」凱斯說。

克萊兒的媽媽與凱倫奶奶，在克萊兒這個年紀時，也跟克萊兒一樣，都能看到幽靈，也能聽到幽靈的聲音，不過現在她們都再也看不見也聽不見幽靈了。

克萊兒和她的媽媽，還有凱倫奶奶在幾週前，告訴克萊兒的爸爸關於她們獨特的能力，但他還是難以理解。

「他怕我們嗎？」小約翰問。

克萊兒正好走進房間，她問：「誰怕你？」她的綠色偵探背包在身後左搖右晃的。

「克萊兒！妳回來了。」凱斯飄過來迎接她。

「嗯啊。」克萊兒回應。她轉身對著小約翰又問了一次，「你說誰怕你啊？」

「妳爸，」小約翰說：「每當他發現我們在身邊後，就會立刻閃得遠遠的。我總覺得他不喜歡我們。」

「他喜歡你，只不過……他不太適應幽靈，」克萊兒緩頰，「但是不用擔心啦，他遲早會習慣的。話說回來，凱斯！猜猜看發生了什麼，我們有新案件啦！」

「有嗎？」凱斯問：「快告訴我！」

他跟克萊兒在幾個月前成立了偵探事務所。他們將它命名為 C&K 幽靈偵探塔樓，因為他們要偵辦的是神祕幽靈事件。不過，目前為止那些案件都沒有涉及到真正的幽靈，不論發生什麼事，總是有其他原因可以解釋。但是，凱斯一直希望其中一個案件能讓他找到其他失蹤的家人。

「好的，」克萊兒開口，「事情是這樣的，我的學校裡有幾個女孩，瑪格麗特、肯雅、奧莉維亞，她們也是四年級的學生。她們有一個社團，會在她們家後院林子裡的樹屋聚會，但是她們覺得樹屋鬧鬼。」

「她們為什麼會這樣覺得？」凱斯問。

「因為有些奇怪的事情發生了，」克萊兒繼續說：「昨天，門砰的一聲自己關上了。然後，她們

聽到了一個幽靈般的聲音警告她們「*走*

啊～～走啊！」克萊兒試圖讓她

的聲音像幽靈的哭嚎，但凱斯和小約翰不覺得聽起

來像幽靈。

「然後昨天晚上，」克萊兒繼續說：「就在瑪

格麗特上床之前，她從臥室的窗戶看到一個幽靈在

樹屋裡走動，她說它看起來藍藍的──」

「像是在發光？」小約翰問。

「如果是幽靈的話，瑪格麗特一定是看到它發

光。」凱斯指出重點。

「除非她是像克萊兒一樣，能看到幽靈。」小

約翰說。

「我不認為她可以，」克萊兒說：「我告訴她

們，我必須先回家拿捕捉幽靈的裝備，然後再到樹

屋看看。你想跟我一起去嗎？」

「當然。」凱斯說。

「我也要！我也要！」小約翰叫著。

克萊兒從包包裡拿出水壺，然後凱斯與小約翰

縮小……**縮小**……縮小，再飄進

水壺裡。

「媽媽？爸爸？奶奶？」克萊兒喊著，把水壺

的背帶掛在肩上，走向樓梯。「凱斯和我有個案子，我們等等會回家吃晚餐。」

媽媽把頭伸出辦公室說：「好的，親愛的。玩得開心。」

＊　＊　＊　＊　＊　＊　＊　＊　＊

有許多孩子正在瑪格麗特家前的街道上玩耍。克萊兒、凱斯、小約翰一路上經過兩個騎腳踏車的女孩；正在扔飛盤的一男一女；還有打籃球的一群男孩與女孩。就在正前方，他們看到三個女孩坐在一棟棕色房子前的草地上。

「她們就是我們的客戶。」克萊兒低聲說。她舉起水壺，讓凱斯與小約翰能看得更清楚。「穿夾克的女生是瑪格麗特、捲髮的是肯雅，最後那個綁辮子的女生是奧莉維亞。」

　　凱斯從幾個月前克萊兒參與的舞台劇想起肯

雅，不過以前應該不曾見過瑪格麗特與奧莉維亞。

　　「嗨，克萊兒！」克萊兒走過去，三個女孩很

快地站了起來。

　　凱斯看到隔壁房子有一群男孩駝背圍觀著一支

手機，而有個小男孩站在附近，伸長脖子努力看他

們在做什麼。

　　「妳帶來捕捉幽靈的道具了嗎？」瑪格麗特問

克萊兒。

　　克萊兒舉起她的包包，「在這裡！」

　　肯雅雙臂抱在胸前，「我還是不認為樹屋裡有幽靈，」她說：「一定是別的東西。」

　　「像是什麼？」克萊兒問，她從外套口袋裡拿出筆記本和鉛筆。

　　「像是那邊的那些男孩，」肯雅朝男孩們的方向點了個頭，「他們也有一個社團，也許他們試圖

嚇走我們，讓樹屋成為他們的社團基地。」

　　「或許吧，但是我親眼看到了那個幽靈。」瑪格麗特反駁。她轉向克萊兒。「它全身飄著，而且在樹屋的窗戶前忽上忽下的晃著。」

　　「奧莉維亞，妳是怎麼想的？」克萊兒問第三個女孩，並寫下瑪格麗特的話，「妳覺得樹屋上有幽靈嗎？」

　　奧莉維亞聳了聳肩。

　　「走開！亨利。」隔壁的一個大男孩突然對著那個小男孩大叫。

　　「對！不要再偷窺我們了。你太小了，不能加入我們的社團。」另外一個男孩說。

　　亨利跑到女孩們面前，垂頭喪氣地說：「他們不讓我加入他們的社團。」

瑪格麗特瞪了那群男孩一眼。「你不會想加入的，反正——」她攬著男孩安慰，「他們那裡也沒什麼好玩的。」

　　「有，他們有。」亨利吸了吸鼻子說：「他們會去找寶藏，他們說如果山姆找到的話，就會讓他加入。但是他們不會讓我加入，山姆只不過比我大一歲。」

　　「他們真是不友善。」瑪格麗特怒視著一旁的那群男孩。

　　「也許我可以加入妳的社團。」亨利祈求。

　　「呃……」瑪格麗特看了看其他女孩。

　　「抱歉，」肯雅表態，「我們是女生社團，而你是男生。」

　　「那妳們也一樣不友善。」亨利說完便跑向那

棟棕色的房子。

瑪格麗特嘆了口氣，「現在可好了，他會跑去告我們的狀。」她話還沒來得及說完，那棟棕色房子的前門就打開了。

一位黑色捲髮的女士走到門廊上，「孩子！」她語調嚴厲的呼喊，「過來這裡，我有些話要對妳說。」

瑪格麗特哀嘆一聲說：「我就知道。」

第二章

驚喜！

「瑪格麗特！」門廊上的那位女士再度呼喊著，「現在就過來。」

「瑪格麗特，我們待會兒見。」肯雅說道，接著轉身準備與奧莉維亞離開。

「不，女孩們。我想和妳們所有人談一談。」那位女士說著。她雙手交叉抱胸站著。

「呃……克萊兒遇到麻煩了嗎？」小約翰在水壺裡面問。

「我不知道。」凱斯回答。

克萊兒把水壺背在肩上，跟其他女孩一起進到棕色房子裡。

那位女士疑惑地瞥了克萊兒一眼，在她們進屋關上門後問：「妳叫什麼名字？我想我之前應該沒有看過妳。」

「媽，她是克萊兒。」瑪格麗特解釋，「她來這裡是要幫我們抓樹屋的幽靈。」

「好，我懂了。」瑪格麗特的媽媽面露微笑。

「為什麼那位女士要笑？」小約翰疑惑。

「可能因為她不相信有幽靈吧。」凱斯告訴弟弟，許多踏地大人都不相信有幽靈，真是奇怪。

「我們可以證明給她看，幽靈是真的存在的。」小約翰說完穿過水壺，在瑪格麗特的媽媽面

前膨脹成原來的大小。

「**不行！**」凱斯大喊。在小約翰發光之前，凱斯穿過水壺衝出來，攔腰抱住弟弟，接著拉住他飄向沙發後面。

「我們不需要讓他們知道我們在這，或是讓他們相信我們的存在。」凱斯勸道，「我們現在就在一旁聽就好。」

「好————吧。」小約翰說。

幽靈們乖乖在沙發後面飄著。

「女孩，妳們知道我對於祕密社團的想法的。」瑪格麗特的媽媽說道。

亨利靠在門柱上，咬著拇指。

「這不是*祕密*社團。」瑪格麗特告訴她媽媽，「就只是一個社團。」

「女生的。」肯雅補充說道。

瑪格麗特的媽媽搖了搖頭，「我們都住在這個社區，大家都是朋友，不論男生還是女生，都可以在同個社團裡。」

「隨便，」瑪格麗特說，她身體仰靠著牆，「亨利，你想加入我們的社團嗎？」

肯雅吃驚地揚起眉毛，奧莉維亞則驚訝地下巴

都要掉了。

「不要。」亨利搖搖頭，「我只是不想妳們說『我不行加入』。」說完，他跑出房間衝上樓梯。現在，他顯然很開心。

女孩們看起來鬆了一口氣。

「很好，我很開心這件事圓滿解決了。」瑪格麗特的媽媽說：「進來廚房吧，我弄一些點心給妳們吃。」

「那樹屋呢？」小約翰問，「我們什麼時候可以去看樹屋裡的幽靈？」

「可能要等她們吃完點心之後。」凱斯回答。他們跟在克萊兒與其他女孩的後面，準備一起進入廚房。

小約翰氣呼呼地抱怨，「為什麼踏地人*總是在*

吃！我敢打賭，他們肯定沒辦法一整天都不吃任何東西。」

「小約翰？」從他們身後傳來一個男人的聲音，「凱斯？是你嗎？」

不僅是凱斯、小約翰，就連克萊兒也同時轉過身來。

「爸爸！」 凱斯與小約翰看到那個幽靈男人時，都大喊了起來。

他們張開雙臂撲向對方的懷抱。

「我就想說我聽到了熟悉的聲音。」爸爸抱著他的孩子們說道。

「你一直都在哪裡？」小約翰問爸爸。

「你一直都在哪裡？」爸爸反問。當他的視線越過凱斯與小約翰時，臉上的笑容消失了。「為什

麼那個踏地女孩張著嘴站在那裡？她好像盯著我們看。」

「那是因為她的確看得到我們。」凱斯說，他飄向克萊兒並在她身旁飄浮著。瑪格麗特、肯雅，還有奧莉維亞都已經進去廚房了。「爸爸，這是我的朋友，克萊兒。」

「哈囉，凱斯的爸爸。」克萊兒輕聲說道，她輕輕揮了揮手。

「你的朋友？」爸爸倒抽了一口氣說：「這個踏地女孩是你的朋友？還有你說她可以看到我們是什麼意思？我們現在並沒有發光啊。」

「對，但她仍然看得到我們。」凱斯回話。

「爸爸，她人很好。」小約翰補充，然後飄到凱斯與克萊兒的身旁。

爸爸露出了疑惑的神情。

瑪格麗特回到客廳來，「克萊兒？」她朝克萊兒的視線看過去，但看到的只是一面牆。「妳在幹嘛？」

「呃，沒事。」克萊兒回答，「我只是……發呆了一下。」

「哦。那快過來和我們一起吃點心。」瑪格麗特抓住克萊兒的手，把她拉向廚房。

「我從未遇過一個即使幽靈沒有發光，也可以看到幽靈的踏地人。」爸爸喃喃自語。

「克萊兒很特別。」凱斯說。

爸爸皺著眉頭說：「我不喜歡你們跟踏地人當朋友，媽媽也不喜歡這樣喔！」

「媽媽也在這裡嗎？」小約翰一邊問，一邊四

處張望。

「她不在這棟房子裡，」爸爸回答，「但距離不遠。」

「她在哪？你怎麼知道？」凱斯著急地問。

爸爸把手伸進他的口袋掏了掏，拿出三個幽靈串珠來。

「那些是媽媽項鍊上的！」小約翰驚呼。

「我知道，」爸爸往下說：「我在這條街上的其他房子裡，發現了兩個串珠。第三個就在這棟房子裡找到的。我應該是一直挨家挨戶地跟在媽媽後面，我多希望她能夠在一個地方停留久一點。」

「我們也一直跟著她。」凱斯說，他跟小約翰一起從口袋中拿出他們找到的串珠。

爸爸的雙眼睜大，「你們是從哪裡找到這些珠

子的？」

　　「我的是在一棟紫色的房子裡找到的。」小約
翰回答，「那裡還有其他幽靈。」

　　「其他幽靈？」爸爸疑惑。

　　「對啊！」小約翰解釋，「他們說媽媽曾經待
在那，後來離開了。他們認為她可能是去圖書館

了，所以我也試著去那裡。但是費盡千辛萬苦，因為風一直把我颳經過圖書館。最後我是躲在圖書館的書裡進去的，可惜媽媽不在那。不過凱斯跟科斯莫都在！」

「你知道科斯莫在哪？」爸爸著急問道。科斯莫是幽靈家庭的家犬。

「對啊！科斯莫在圖書館。」小約翰回答。

凱斯向爸爸述說圖書館的所有事情，包括遇見克萊兒之後的事，甚至還有他們成立的 C&K 幽靈偵探塔樓。

「我們在調查第一件案子的其中一個線索時，無意間發現科斯莫的。」凱斯說明，「然後我們調查另一件案子時，發現了媽媽的串珠。」

「我們三個現在也正在辦案，」小約翰插嘴

道。他跟爸爸說了有關瑪格麗特和其他女孩的事情，還有她們的社團。「她們之前都會在屋子後面的樹屋那裡聚會，」小約翰繼續解釋，「不過她們現在覺得樹屋裡有一個幽靈。瑪格麗特昨天晚上看到了。」

「我也是。」爸爸冒出一句。

「你看到了！」凱斯與小約翰異口同聲。

爸爸點點頭，「我沒有看清楚那個幽靈，但我想那是你們的媽媽，所以我忽明忽滅的發光，試圖引起她的注意，不過她沒有發光回覆。如果有讓幽靈能夠在外面移動，但不會被吹走的方法就好了。」

「有啊！」小約翰咧嘴笑著說：「在克萊兒的水壺裡！」

爸爸皺了皺眉，「你說什麼？」

「是真的。」凱斯連忙說,「我就是這樣跟著克萊兒去辦案的。」

「不行。」爸爸拒絕,「我們不能接受踏地人的幫忙,而且我們肯定不需要靠水壺在外移動。」

「為什麼不行?」凱斯說。這幾個月以來,他都是在克萊兒的水壺裡移動的。「你知道的,那些女孩們就快要吃完點心了。我們應該要趕快去看看,我們可不想錯過這趟冒險。」語畢,凱斯與小約翰就飄進廚房了。

「孩子們,等等!」爸爸連忙跟隨在後。

克萊兒看見凱斯他們時,開心地笑了起來,「你來啦。」當其他女孩把盤子拿到水槽裡疊好時,她輕聲地偷偷跟凱斯說道。

「去樹屋!」瑪格麗特提議,高舉拳頭。

「去樹屋！」肯雅與奧莉維亞往後門走時，又重複喊了一遍。

克萊兒逗留了一下，以便讓幽靈們有時間飄進她的水壺裡。

「孩子們！我說過不行的，我們不能這樣做。」爸爸出聲勸阻時，凱斯與小約翰已經慢慢地 *縮小……縮小……縮小*，然後穿過了克萊兒水壺上的星星，進入水壺裡面。

「爸爸，來啊！」小約翰招手，邀請爸爸一起進到水壺裡。

爸爸目瞪口呆的看著凱斯，「你剛剛是穿過了水壺嗎？」

「是的。」凱斯語氣緊張。

「你什麼時候學會這個的？」爸爸追問。

凱斯咧嘴一笑說，「自從我們分開以來，我就學了很多幽靈技能。」等爸爸看見他能夠靈變踏地物品時一定會更吃驚。但現在沒時間秀給爸爸看了，瑪格麗特、奧莉維亞和肯雅已經到外面去了。克萊兒也快要走到外面了。

「快點！爸爸。再不跟我們一起就來不及了。」凱斯和小約翰大聲喊道。

爸爸無奈地大嘆了一口氣，然後在最後一秒時，他漸漸**縮小**……**縮小**……縮小，然後跟凱斯與小約翰一樣飄進水壺。

第三章

來去樹屋

「**我**是你的爸爸，」爸爸說話時。克萊兒穿過瑪格麗特家的後院，水壺在她身上搖盪著。「當我說我們不能做什麼時，就不能去做。」

「抱歉，爸爸。」凱斯說：「我只是不想錯過我們去樹屋的機會。」

「好吧，我得承認這個移動方式非常有趣。」爸爸說，他在水壺裡轉了一圈。

瑪格麗特與亨利的後院中間，有一個很大的遊樂設施，不僅有鞦韆和兩個溜滑梯，還有一個沙池和一堆玩具。

女孩們一路走到院子後面的樹林。在最高大的那棵樹上，有一座小房子蓋在樹枝間，一條繩梯從門廊懸掛到地面。

「妳真幸運能夠擁有樹屋。」克萊兒對瑪格麗特說。

「我知道。」瑪格麗特回答。

女孩們一個接一個爬上繩梯，第一個是瑪格麗特，再來是肯雅、奧莉維亞，最後是克萊兒。

「**嗚哇～～**」當克萊兒愈爬愈高時，凱斯忍不住發出聲音。往上爬的時候，裝著幽靈的水壺不住地撞到她身上。

「嗯？凱斯你反胃了嗎？」小約翰問：「你想要吐喔？」他立刻退後了點，但又不敢退太遠。不然的話，他會穿過水壺跑到外面。

「不是啦，我沒有反胃。」凱斯回答。

「那你幹嘛『嗚哇』？」小約翰又接著問。

「因為我們現在很高！」凱斯解釋。

「真是個好視野。」爸爸說道，此時克萊兒踏上樹屋外的小門廊。他們可以在這裡一覽瑪格麗特家的整個社區。

「我們都有把門鎖上，以免別人跑進去。」瑪格麗特告訴克萊兒。

當瑪格麗特轉動門上的密碼鎖時，凱斯在水壺裡靜靜的看著。首先，她轉了一個 3，再來是 1，最後是 5。鎖喀的一聲解開了，瑪格麗特打開門。

「真酷！」克萊兒跟著其他女孩進屋時說道，她們進門時不得不彎腰蹲矮一些，因為樹屋的門比一般的門還來得小。

克萊兒一關上門，幽靈們全數穿過水壺，並膨脹到正常大小。

「媽媽？」凱斯與小約翰一邊呼喚著，一邊四處查看。

「伊莉莎？妳在哪？」爸爸喊著。

樹屋裡只有一個空間，可以看到巨大的樹枝從地上直穿過天花板。兩面牆上有玻璃窗，地板鋪著地毯，幾個枕頭散落在上面。

一目了然，凱斯跟小約翰的媽媽不在這裡。

「怎麼樣？」肯雅問克萊兒，「妳有看到任何一個幽靈嗎？」

「還沒有。」克萊兒回答。她解開她的偵探背包，掏出她的幽靈偵測鏡、幽靈捕手。她把幽靈偵測鏡拿到眼前看著，慢慢地繞著樹屋移動。

「那個踏地女孩在做什麼？」爸爸問。

凱斯解釋了克萊兒的「捕捉幽靈裝備」。她的幽靈偵測鏡其實是個老舊的放大鏡，而幽靈捕手只不過是包上了鋁箔紙的手持吸塵器。

「她不能跟其他人說她看得到幽靈，」凱斯說：「他們會嘲笑她，然後覺得她很奇怪，所以她只好假裝需要這些裝備才能看到和抓捕幽靈。」

爸爸哼了一聲，「只要這樣其他的踏地人就相信囉？」

「應該是。」凱斯聳聳肩說道。

「妳有看到什麼嗎？」瑪格麗特問克萊兒。

「大概吧。」克萊兒說。她回頭瞥了一眼，並對凱斯挑了挑眉。

什麼？克萊兒想讓他做點什麼嗎？還是她想要他過去看個東西？不幸的是，凱斯看不到。因為瑪格麗特、肯雅和奧莉維亞全擠到克萊兒旁邊去了，她們都想從她的幽靈偵測鏡看出東西來。

「我什麼都沒看到。」肯雅說。

奧莉維亞甩了肩上的辮子說，「我也沒有。」

凱斯往上飄到女孩們的頭上，現在他可以看到克萊兒在看什麼了。他不禁吸了口氣。

「什麼什麼？」小約翰問：「凱斯，那到底有什麼啦？」

凱斯飄過去，抓住了飄浮在幽靈偵測鏡與樹枝之間的串珠，並把它帶回父親跟弟弟那裡。

「這個！」他得意洋洋的說。

「我就知道，」爸爸說：「你們的媽媽曾經在這裡。」

「但是她現在不在了。」小約翰失望地說。

「我本來以為這裡有什麼東西，不過應該不是。」克萊兒對其他女孩說：「我認為妳的樹屋現在沒有幽靈。」

除了我們，凱斯心想。

「真是想不到。」肯雅說。

「昨天這裡可能有幽靈。」克萊兒對瑪格麗特說道。

「真的有！」瑪格麗特用力地點點頭，「我看到了。」

「妳說是就是。」肯雅說著，拍了拍瑪格麗特的背。

「我就是看到了！」瑪格麗特說，她看起來有點惱火肯雅。

凱斯飄到了其中一扇窗旁邊，掃視了瑪格麗特家的後院。**媽媽到底跑去哪了？**

克萊兒膝蓋著地往凱斯那裡爬過去，「抱歉，凱斯。」她低聲說：「我知道你一定很失望。」

「妳說什麼？克萊兒。」瑪格麗特問。

「沒事。」克萊兒快速地回答，對其他女孩露出了天真的笑容。

「哦，我還以為妳是不是看到了什麼東西。」瑪格麗特說。

「**我看到了**。」肯雅在另一側的窗口說，那扇窗可以看到樹林。

「什麼？」奧莉維亞問她。瑪格麗特、克萊兒都爬向肯雅。凱斯、小約翰和爸爸則飄浮在她們上方。

肯雅指著樹林裡的一個男孩，他帶著一頂紅色鴨舌帽，身穿一件藍色外套。凱斯認出了他，是隔壁家台階上那群男孩中的一個。他看起來比克萊兒還有其他女孩還要小，或者說，至少比她們矮。他

慢慢地走著，盯著手上的東西，應該是手機。

「那是山姆，他是亨利的朋友。住在馬路對面。」瑪格麗特說，她拽出卡在她膝蓋下的外套。

「沒錯！但是看看那邊。」肯雅又指向另一棵樹，那三個不讓亨利加入社團的男孩正蹲在大樹後面，手捂著嘴巴看著山姆，像是在努力憋住笑聲。

有什麼好笑的？凱斯好奇。

肯雅皺起眉頭，「那些男生真的很可惡，」她接著說：「我想他們是在捉弄山姆，就像昨天那樣，在我們身上玩花招，試圖讓我們以為樹屋裡有幽靈。」

瑪格麗特盯著那些男孩好一陣子，「大概吧！」她最後開口說：「也許妳是對的，肯雅。昨天晚上我看到的幽靈可能只是幻覺。」

凱斯緊握著手上的那顆珠子。那個串珠證明了這裡曾經有幽靈，也許不是昨晚，但至少是最近。

他們現在所要做的就是找到她。

第四章

一個危險的主意

「出來吧！孩子們。」爸爸說：「現在！」

幽靈們與女孩們都回到了瑪格麗特家的廚房。克萊兒正把幽靈偵測鏡與幽靈捕手放回她的背包，準備要回家了。

「我不要！」小約翰固執地回嘴。

凱斯雖然不想再次違背爸爸，但爸爸根本不理解情況。「我們想跟克萊兒一起回圖書館。」凱斯小聲說道，「圖書館現在是我們新的靈靈棲。」

「對呀！」小約翰附和，「而且科斯莫在那裡，還有貝奇。」

「誰是貝奇？」爸爸問。

「住在圖書館的另一個幽靈。」凱斯回答。

「貝奇會想知道我們在哪裡。」小約翰說。

「抱歉，孩子們。」爸爸說：「我們哪都不去，除非找到媽媽。」他把手伸進克萊兒的水壺裡，將凱斯與小約翰拉出來。

「但克萊兒可以幫我們找到媽媽。」小約翰反抗道。

「我們不需要踏地女孩的幫忙。」爸爸說。

「那科斯莫怎麼辦？」凱斯提問：「我們要把他獨自留在圖書館？」

「他不孤單的，」爸爸說：「你剛才說他和你

們的朋友貝奇在一塊。」

「有什麼問題嗎，克萊兒？」奧莉維亞對正在看著幽靈的克萊兒問道。

克萊兒眨了眨眼，「沒事。」她對女孩們說。她抓起包包然後背到肩上，難過地回頭看了凱斯一眼，「我最好得趕快回家，就快要吃晚餐了。」

小約翰哀嘆了一聲，凱斯咬著牙。他們真的不能跟克萊兒一起回去？

「我們沒有因為妳沒找到幽靈就生氣，如果妳是在擔憂這個的話。」肯雅說著，把手放在克萊兒肩上，「我不認為這裡有幽靈可以讓妳找到。」

「如果幽靈有回來的話，我會再跟妳說。」瑪格麗特承諾。

爸爸看著悶悶不樂的凱斯與小約翰，嘆了一口

氣說：「等我們找到媽媽，就可以去圖書館。」

　　小約翰打起精神說：「當我們想去圖書館的時候，只要發光和哭嚎，瑪格麗特就會打電話給克萊兒，這樣克萊兒就會來接我們了。」

　　「嘿，這是個好主意耶，小約翰。」凱斯說，感覺情況好轉了一點。

　　「再見。」克萊兒對女孩們與幽靈們道別，她舉起手，而凱斯把手伸向她，並穿過了她的手。

　　「下次見！」凱斯說。

＊　＊　＊　＊　＊　＊　＊　＊　＊

那天晚上，瑪格麗特、亨利，以及他們的父母在樓上的臥室睡覺時，凱斯在樓下的客廳輕聲哭嚎，「哇嗚………嗚……嗚……嗚！」

「非常好，兒子。」爸爸拍手稱讚。

突然之間，一個聲音在樓上響起，

「媽……媽……媽媽媽……媽媽！」

「喔不。」凱斯呻吟了一聲。接著樓上走廊的燈亮了，照亮了樓梯。

幽靈們聽到瑪格麗特與亨利的媽媽回應，「怎麼了？亨利，你身體不舒服嗎？」

「不是。」亨利說：「我聽到幽靈的聲音。」

「你還真是厲害，凱斯。」小約翰拍了拍凱斯

的手臂。

「我並不是有意讓其他人聽到我的聲音的。」凱斯說。

「那你為什麼要哭嚎？」小約翰問：「哭嚎的用意就是讓踏地人聽到我們的聲音啊！」

「我只是想做給爸爸看看，證明我做得到而已。」凱斯回答。顯然，這是一個糟糕的主意。

瑪格麗特和亨利的媽媽說：「哦，親愛的，你只是做了一個噩夢，並沒有什麼幽靈。」

幽靈們互看彼此一眼，「為什麼踏地人總是說沒有幽靈這種話？」爸爸喃喃自語。

「你看，我還可以做這個。」凱斯說，他向下飄到地板上，拿起一輛踏地玩具車。

「哇！」當凱斯用幽靈手握住踏地玩具車時，

爸爸驚訝出聲。

「等等，我還沒完成。」凱斯說，他把車子夾在拇指與食指之間，然後迅速縮回手腕。踏地玩具車變成了一台幽靈玩具車。

「哇！」爸爸再次驚呼。他飄過去，用手戳了戳幽靈車，「你有靈變的能力。」

「你知道靈變？」凱斯問。

「當然。」爸爸說：「不過我不知道我們家居然有人會。」

「**媽媽⋯媽媽媽媽⋯⋯媽媽！**」亨利再次在上面大叫了起來。

「又怎麼了？」他媽媽回應。

幽靈們抬眼看向天花板，亨利應該不會發現凱斯靈變了他的玩具車，對吧？那他為什麼又再次大聲喊他媽媽？為了以防萬一，凱斯迅速地把幽靈車變回踏地車。

「**外面有幽靈。**」亨利喊著，「**在樹屋那裡！**」

「樹屋裡有幽靈！」爸爸重複說道，他跟小約翰、凱斯雙手奮力划動飄過客廳，進到廚房。他們從窗戶往外看，看到樹屋裡發出一道幽靈般的光。

「是媽媽嗎？」小約翰瞪大雙眼問：「她回來了嗎？」

「看起來是這樣。」爸爸回答。

幽靈的光熄滅了。

「她去哪了？她離開了嗎？」凱斯發問。

幽靈們盯著樹屋，等光再次亮起，爸爸甚至在窗戶邊閃爍了幾次光，為了吸引那個幽靈的注意。

不過光沒有再次亮起。

「我們需要找個方法去樹屋。」凱斯邊說邊在廚房四處瞧瞧，看有什麼東西可以搭載他們移動，橫越後院。

「瑪格麗特說如果幽靈回來了，她會讓克萊兒知道。」小約翰說：「也許她現在就會打電話給克萊兒，克萊兒就會帶我們過去。」

「不是現在。」凱斯說：「現在都半夜了。」

「或許瑪格麗特和亨利的爸媽會過去樹屋那

裡。」小約翰出主意，「那我們就可以搭便車跟著他們。」

但是沒有人下樓。

「我有一個想法。」爸爸看著月光映照的院子說道。

「什麼？」小約翰好奇，「爸爸，你的主意是什麼？」

爸爸轉向男孩們，「我在想我們是否該冒這個險，」他說：「這可能有危險，非常的危險。」

第五章

膨——脹

「**快**跟我們說說！」小約翰懇求爸爸，「我們不怕危險的，對吧，凱斯？」

這個嘛…… 凱斯有點猶豫，但他依然大聲的說：「不怕！我們不怕危險。」如果可以找到媽媽，他會勇敢的。他們愈早找到媽媽，就能愈早回到圖書館。

「孩子們，你們能膨脹到多大？」爸爸問。

「非常大。」小約翰自豪地說，他從地板**膨**

一脹 — 膨脹 到了天花板。

「很棒！凱斯，那你呢？」爸爸問。

凱斯比小約翰來得高，他**膨 — 脹 —**

膨脹，直至他的腦袋穿過了天花板，出現

在樓上瑪格麗特的房間裡。

瑪格麗特在床上睡得正香甜。

「非常好。」爸爸在凱斯與小約翰縮回原來大

小後，誇讚了他們。他看向後院，「那這樣應該行

得通。」

「什麼行得通？你想要我們做些什麼呢？」凱斯問。

「對呀，你的主意是什麼啊？爸爸。」小約翰也問。

「如果我們盡可能地膨脹，然後緊緊地握住手，那麼我們或許可以從這棟房子裡一直延伸到樹屋。」

「你的意思是膨脹到後院？」凱斯問，這主意聽起來很危險。

「來試試！」小約翰熱切地說。

「好。我會留在屋裡，以確保我們不會都被吹到外面。」爸爸接著說：「小約翰，你在前面，我要你緊緊握住凱斯的手。你要穿越這個窗戶，然後盡可能地膨脹到後院。凱斯，你用另一隻手抓住我

的手，然後你要穿越到外面並膨脹到最大，最後我會膨脹我的手臂。小約翰，我們看你是不是可以到達樹屋，如果你媽媽在那裡，她就可以抓住你的手，我們一起把她拉回來。」

「這聽起來是個好計畫。」小約翰說。

但是，如果有人放手，或者爸爸堅持不住，沒辦法緊緊握住房子外面凱斯的手，那麼他們就都會被吹走。

凱斯想起他們的大哥芬恩，他以前就常常把手臂或腿穿越過舊校舍的牆壁，因為他喜歡嚇唬弟弟。但有一天，芬恩沒有足夠的力氣支撐他在舊校舍內的身體，風把他拉出去外面，吹得遠遠的。

奶奶與爺爺試圖救他，結果他們也被吹到外面了。幾週前，凱斯與克萊兒在圖書館附近的一家養

60

老院找到了奶奶和爺爺。但包括爺爺奶奶在內，沒有人知道芬恩的下落。

「我們辦得到吧，凱斯？」小約翰邊問邊牽起凱斯的手。

凱斯吞了吞口水，他們必須嘗試，「對！」他肯定。

「好了，我們開始吧！」爸爸說，他握住凱斯的另一隻手。

凱斯牢牢地握住雙手，小約翰慢慢地從玻璃窗穿越，並且開始*膨——脹——膨脹*到外面……再外面……再更外面，橫越過了瑪格麗特與亨利家的後院。

「嘿，現在在下雨耶！」小約翰的聲音從外面傳來，「我以前從來沒有被雨滴穿過身體。」他咯

咯地笑了起來。

這下可好了。凱斯不知道小約翰在笑什麼，他記得第一次被水穿過身體的經歷，當時是在克萊兒的水壺裡，她打開他上方的水龍頭，水當頭淋下。他一點都不喜歡水穿過身體的感覺，完全不、喜、歡。

「輪到你了，凱斯。」爸爸下指令，「你準備好了嗎？自從我們分開以來，你已經學會做很多事情，到時候讓媽媽看你現在能做到的所有事。」

凱斯吞了吞口水，為了媽媽，他可以做到的。

他深吸一口氣，然後跟著小約翰穿過窗戶，出去……到外面……直到院子。雨水猛烈地從他頭上落下，穿過手臂與背，他感覺身體一點一點落在院子裡。凱斯努力穩住兩邊握住的手，並把弟弟往院子推，推得更遠些。

然後爸爸膨 —— 脹 —— 膨脹了手臂，再把凱斯與小約翰往前推進。但小約翰仍然到不了後院的滑梯。

「你們還能再膨脹嗎？」小約翰問。這時閃電劃過天空，雷聲在上方隆隆作響。

「我試試看。」爸爸回答。

凱斯感覺到爸爸盡可能地推——推——推動，也盡力伸——伸——伸展雙手，但這樣還是不夠。

「我沒辦法再膨脹了。」凱斯說，他已經竭盡全力了。

「我也不行。」小約翰說。

凱斯感覺到小約翰緊握住的手要鬆開了。

「不行，不可以放手！」他吼道，緊緊握住弟弟的手，盡可能地用力握住。

「我沒有要放手啦。」小約翰說，他牢牢握住凱斯的手，試圖踢動他的腳前進，不過這並沒有讓

他更接近樹屋。

「媽媽 —— 媽媽 —— 媽媽媽——媽媽！」 小約翰像亨利剛才那樣大吼大叫：**「妳在樹屋嗎？」**

不過應該沒有，她沒有回應。

* * * * * * * * * * *

「我的肩膀好痛。」第二天早上，小約翰抱怨。

「我也是。」凱斯附和。

「我有點僵硬，」爸爸揉揉肩膀說：「我們從來沒有膨脹到這麼大。」

「也沒有維持這麼久的時間。」小約翰補充。

幽靈們在瑪格麗特、亨利、他們的父母上方盤旋，一家人正在吃早餐，他們的父母今天早上看起來格外憔悴。

突然間，瑪格麗特從椅子倏地站起身子說：「我昨天把外套忘在樹屋了。」

小約翰吸了口氣說：「她要去樹屋。」

「我們必須跟她一起去。」凱斯說。

但是他們該怎麼做呢？瑪格麗特沒有水壺，也沒有任何可以讓幽靈進去的東西。在幽靈想到辦法前，她已經走出門了。當她橫越後院時，他們只能無助地在窗口邊看著。

她爬上繩梯，摸索著開鎖，然後走進樹屋。她沒有待很久，最多三秒鐘就出來了，她把樹屋鎖起來，爬下梯子，把藍色外套掛在手臂上穿過院子。

　　她打開後門，氣喘吁吁地說：「猜猜發生了什麼？」

　　「幽靈回來了！」

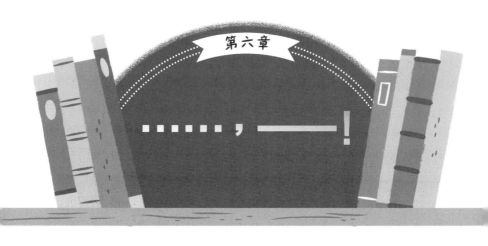

第六章

「**我**跟妳說過啦！」亨利說：「我跟妳說過，我昨天晚上看到樹屋裡有幽靈，然後聽到我們家有幽靈的聲音！」

「這世界上沒有幽靈！」亨利的爸爸說著，他翻了一頁報紙。

「從來沒有人相信我。」亨利抱怨。

「我相信你。」瑪格麗特說：「我也看過幽靈在樹屋裡，雖然我昨天晚上沒有看到，但我相信你

看到它了。我之所以會知道它昨晚在，是因為它留下了泥巴腳印，還弄亂了枕頭。」

亨利稍微轉了一下椅子。

「等等，幽靈不會留下泥巴腳印。」凱斯說：「我們不會在地面上行走，所以我們的腳從不會變得泥濘。」

但凱斯、小約翰和爸爸昨天晚上也都看到了幽靈在樹屋裡發光。

「可能是妳們昨天下午去那的時候，留下了腳印。」瑪格麗特的媽媽推測。

「我們沒有。」瑪格麗特說：「我知道我們沒有，因為昨天下午的地是乾的，到晚上才下雨。」

「也有可能是有人在下雨過後進去。」爸爸猜。

「那是怎麼進去的？門上鎖了！」瑪格麗特說。

「幽靈可以穿過牆壁。」亨利說。

「也許你沒有鎖好門，或者是有人猜到了密碼組合。」媽媽說。

「除了我們家的人、還有肯雅和奧莉維亞之外。沒有其他人知道密碼。」瑪格麗特說。

亨利這時抿起嘴巴。

「好了。孩子們，該準備去學校了。」爸爸說。

他們全都起身離開去收拾東西。

在沒人注意時，凱斯看到亨利把鞋子踢到後門的板凳下，然後坐下來，穿上另一雙不同的鞋子。

凱斯往板凳下一看，他看到亨利踢進去的鞋子上有泥巴，但這不合邏輯，因為昨天晚上他們看到樹屋幽靈時，亨利待在他的房間裡。

* * * * * * * * * * *

凱斯、小約翰和爸爸一整個早上都待在廚房的窗戶旁，一直看著樹屋。但若是幽靈還在的話，她似乎也沒有打算要現身。

「瑪格麗特曾說，如果幽靈回來了，她會跟克萊兒說。」凱斯說：「也許克萊兒放學後會來瑪格麗特家，她就可以帶我們去樹屋那裡。」

「喔，我希望如此。」小約翰說。

爸爸哼了一聲說，「我們可以自己解決問題。」

不過，從早上到了下午，凱斯、小約翰和爸爸都沒能想出一個可以到樹屋的方法。他們甚至不知

71

道幽靈是否還在那裡，他們沒有再看到幽靈發光。

　　幾個小時後，瑪格麗特和亨利跟著媽媽回家了，他們先在廚房吃了點心，然後瑪格麗特和亨利打開電腦，玩起一個消滅蟲子的遊戲。

　　「踏地小孩都是這樣運用時間的嗎？」爸爸盯著螢幕說道。

　　「看起來很有趣！」小約翰說。

　　「看起來……很蠢。」爸爸說，但他似乎無法把目光抽離。

　　突然間，門鈴響了。**是克萊兒嗎？**

　　「我去開門。」瑪格麗特說著。她跑向門口，凱斯飄浮在她後面。

　　來的不是克萊兒，而是肯雅跟奧莉維亞。

　　凱斯哀嘆一聲，也許克萊兒在來的路上，他飄

到窗戶旁，望著街道來回查看。他沒有看到克萊兒，但他看到隔壁家的草地上，坐著同樣一群男孩，他們前面有一個灰色的金屬盒子，還有一個裝著小零件的桶子。但凱斯無法分辨出那些是什麼。

「所以我們應該要怎麼處理幽靈呢？」奧莉維亞問。

「也許應該再打給克萊兒。」瑪格麗特說。

沒錯！凱斯心想，他轉向女孩們，**打給克萊兒！現在就打給她！**

「那不是幽靈。」肯雅說。

「那不然是什麼？」瑪格麗特問：「不只有我看到，我弟弟昨天晚上也看到了。早上我們樹屋裡的地毯有泥巴腳印，不過門是鎖上的。有人可以從鎖上的門進去嗎？只有幽靈辦得到。」

肯雅聳聳肩，「或者是某個知道密碼的人。」

「除了我們之外，還有誰知道密碼？」瑪格麗特反問。

肯雅緩緩走近窗戶，凱斯匆匆閃過她。

「也許是他們其中一個。」肯雅說。她指著隔壁的男孩們，瑪格麗特和奧莉維亞走過去看她是在說誰。

「我沒有告訴過他們密碼。」瑪格麗特說。

「我也沒有。」奧莉維亞說，她靠近窗戶，「倒是那些男生在做什麼？」

「他們在製作藏寶箱。」亨利回答，視線還在他的遊戲上，「這就是他們在社團所做的事情。他們製作藏寶箱，再把它藏進樹林裡。然後用手機裡的特殊應用程式找其他人藏起來的藏寶箱。」

「我們去跟他們談談，」肯雅說：「問看看他們有誰知道我們的密碼。」

瑪格麗特哼了一聲，「妳怎麼知道他們會告訴我們真話？」

「我挺擅長分辨人說的話是真話還是假話，」肯雅說：「走吧！」

「等等！」亨利按下鍵盤上的一個按鈕，然後遊戲畫面就凍結了。他從椅子上跳下來，「我也可

以去嗎？」

　　爸爸飄到電腦螢幕旁邊，「發生什麼事？」他疑問：「為什麼遊戲停止了？」

　　「亨利把它暫停了。」凱斯解釋。

　　「但它還有很多蟲子沒有消滅。」爸爸說。

　　小約翰咯咯笑說：「我記得你剛剛好像說這是一個愚蠢的遊戲。」

　　「它……是。」爸爸說：「我只是認為那個男孩應該有始有終。」

　　「他們不會讓你加入他們社團的，亨利。」瑪格麗特邊綁鞋帶邊說。

　　「他們會的。」亨利說：「如果我幫山姆找到寶物的話。」

　　瑪格麗特嘆了一口氣，「好吧。你可以來，但

如果他們對你不友善，別說我沒提醒你。媽媽？」她呼喊著，「我們要去隔壁家，亨利也一起。」

「好～」他們的媽媽回應。

「我們可以跟他們一起去嗎？」小約翰問。

「我也想跟。」凱斯回答，但他看不出來有什麼辦法。再一次，問題一樣，沒有一個女孩身上帶著幽靈可以搭載的東西。

瑪格麗特打開前門，幽靈們趕緊往後飄，以免被風拉到外面去。門一關好，他們就飄到窗口。

現在，隔壁有一大群小孩：瑪格麗特、肯雅、奧莉維亞，再加上亨利和他的朋友山姆，以及三個年紀比較大的男孩。

凱斯希望能聽到那群小孩在說些什麼。

亨利和山姆並沒有和那些大孩子待在一起太

久。他們突然橫越馬路，跑進山姆家消失了。

爸爸瞬間倒抽了一口氣，「你們看！」他指向那棟房子，「你們看是誰在窗戶那裡？」

一開始，凱斯沒有看到任何東西，但他看錯了窗戶。

「樓上的窗戶。」爸爸說，臉上露出一個燦爛的笑容。

「喔喔喔喔喔喔！」

小約翰說。

「是媽媽！」凱斯喊道，他向她揮手，而她也揮手回應。

媽媽幾次閃閃發著光又熄滅，發光、熄滅、發光、熄滅。

爸爸笑了起來，然後他也開始發光、熄滅，發

光、熄滅、發光、熄滅。小約翰也一起發光起來，

凱斯感覺被排除在外，因為他不會發光。

　　但是凱斯看著他爸媽和弟弟時，他發現爸媽的

發光跟小約翰不太一樣，他們有些光閃得比較長，

而有些則比較短，好像他們在對話一樣。

　　「你在跟媽媽用密碼交談嗎？」凱斯問。

　　「沒錯。」爸爸咧嘴一笑，「這是摩斯密碼，

我們還年輕時曾經這樣做過，當時你媽媽的靈靈棲

在我的對街。」

小約翰停止發光，「什麼是摩斯密碼？」

「是一種使用長短信號來顯示字母的代碼。」爸爸解釋道，「你們聽說過 SOS 對吧？」他先發出**短、短、短**，然後**長——長——長——**，再來**短、短、短**的光。「SOS 意思是救命！」

「對，但我不知道原來那是摩斯密碼。」小約翰說。

就這樣，凱斯跟小約翰的父母閃爍長短光一段時間。

小約翰皺起鼻子問，「現在你們在說什麼？」

凱斯用手肘推了推弟弟，「那可能是爸媽的悄悄話。」

第七章

分享故事

「這不公平，用我們不知道的代碼交談。」小約翰抱怨，「而且，我也想跟媽媽說話。」

「你們的媽媽認為我們應該停止一會兒。」爸爸說道，「外面有很多踏地小孩，她怕他們會注意到我們。」他在窗戶邊徘徊，發出三道長長的光，再來是長——短，最後是長光。

「長——長——長——」小約翰說：「再來

長——短、長——這個拼出來的是什麼？」

「它代表『OK』，」爸爸回答，「長——長——長——代表『O』，然後長——短、長——則是『K』。我以後會教你的，小約翰。不過不是現在，我們必須想辦法救你媽媽。」

「如果克萊兒來的話，她可以幫我們。」凱斯說道。

「我們不需要踏地人的幫忙，我們可以靠自己的能力完美救出你媽媽。」爸爸重申。

怎麼做？凱斯疑惑。

「我們需要一些東西來搭載。」爸爸說：「一個有蓋子的空心容器，像是瓶子或盒子。」

房間裡有幾樣東西可以，一個有蓋咖啡杯、一個裝著農場動物的塑膠盒、一個玩具鼓，如果鼓的

內部是空心的就可以……

凱斯**縮小**……**縮小**……縮小

下來，並穿過鼓的側面。**它是空心的！**

「好主意！凱斯。」爸爸的聲音從鼓的外面傳來，「我們可以利用它來移動。」

凱斯穿過玩具鼓的側面，回到了客廳，「我們可以……但前提是有人可以帶著鼓橫越街道。」他說。**像是克萊兒。**

爸爸撓了撓頭，「那如果我們其中一個進入鼓中，然後其他人留在這，再把鼓推到街上呢？」

「那我們要怎麼把它弄出門外？」凱斯問。

「你可以靈變它，」小約翰說：「然後它就可以穿越牆壁了！」

凱斯朝窗外看去，「對啊，但它隨後就會被風吹走。」他說道：「連待在裡面的幽靈也會一起被吹走。」

「哦！」小約翰垂下了頭說：「那就糟糕了。」

爸爸嘆了口氣，「也許我們的確需要踏地人的幫忙。」

「等瑪格麗特回來，我們就發光，然後哭嚎告訴她叫克萊兒來。」小約翰說。

爸爸點點頭答應，「好吧。」

但是幽靈不必等到瑪格麗特回來，也不必要求她打電話給克萊兒，因為亨利在瑪格麗特之前回來

了，他懷裡抱著一個紅色盒子。

「亨利，你拿著什麼？」亨利的媽媽在他進屋的時候問。

「一些車子。」亨利說：「山姆把這些借給我了。」他跪在地上，打開箱子並倒翻出來。「看到了吧？」

從箱子裡滾落出來的不只有車子，還有凱斯與小約翰的媽媽。

「媽媽！」當她膨脹到正常大小時，幽靈們驚聲大喊。他們開心地互相擁抱，親吻還有轉圈圈。

「我很開心看到你們。」媽媽說。

「我們也是！」爸爸說：「我就知道妳在附近，我找到了妳項鍊裡的珠子。」他伸手從口袋裡，掏出三顆發著藍光的幽靈串珠。

「我們也找到幾顆珠子，對不對，凱斯？」小約翰說。

凱斯點點頭。

「我在凱莉跟她家人住的紫色房子裡找到一顆串珠。」小約翰說。

媽媽臉上露出驚喜，「你遇到了那些幽靈？」

「對啊，」小約翰回答，「他們跟我說妳有待過那裡，但妳為什麼要離開呢？」

「我在找你們啊。」媽媽說。

爸爸皺起眉頭，「妳應該待在一個地方，然後

我們就會找到妳，而不是只有找到妳項鍊上的串珠。」

「我不想待著，我想做點事情。」媽媽說：「我下決心要在用完珠子以前，找到家裡的人。」她伸進她的口袋裡，掏出項鍊，項鍊上只剩五顆珠子了。

「幸好妳找到我們了！」凱斯說。

「妳怎麼知道要進到那裡面？」小約翰問：「妳怎麼知道亨利會把這個箱子帶過來？」

「因為我一直看著這個踏地小孩，」媽媽回答，「我知道這個叫亨利的踏地男孩住在這棟房子，而且我剛剛在窗口看到你們。所以當山姆問亨利要不要借這些車子的時候，我就知道機會來了！

他們收拾箱子時，我就飄進裡面，我知道這是唯一一種安全在外移動的方式。」

「我們的孩子已經像這樣在外面很多次了。」爸爸用低沉的聲音說。

「哦？」媽媽驚訝地轉向凱斯跟小約翰。

爸爸手臂交叉說道，「他們和一個踏地女孩當朋友。」

「什麼？」媽媽尖叫起來，「不會吧！孩子們，你們不會這麼愚蠢，對吧？」

「才不蠢！」小約翰反駁，「是好事，克萊兒人很好！」

「即使我們沒有發光，她也可以看到我們，還有我們沒有哭嚎的時候，她也可以聽到我們。」凱斯解釋，「而且她去哪都帶上裝著我們的水壺。」

「唔，」媽媽說：「這聽起來很危險。」

「才不會。」凱斯說。然後他告訴了媽媽有關 C&K 幽靈偵探塔樓的事，還有他跟克萊兒解決的所有案件。「雖然我們的案件都不是真正的幽靈造成的，但我們仍然找到了科斯莫、爺爺奶奶，還有你們！」

「你知道爺爺奶奶在哪裡？」媽媽問。

「對啊。」小約翰說：「他們在一個都是老人家的地方。克萊兒帶我們去看望他們，那裡有很多可以看到幽靈的踏地人，爺爺奶奶也有跟踏地人交朋友。」

「或許我們應該去見見這個踏地女孩。」媽媽說道。

「我見過她，」爸爸說：「甚至在她的水壺裡

移動過。」

　　媽媽眉毛一挑，「你有？」

　　「是啊。」爸爸坦言，「男孩們想去樹屋救妳，所以我跟他們一起去了，就在昨天。」

　　「昨天？」媽媽說，她飄到廚房去看看樹屋。凱斯、小約翰和爸爸緊隨在後。

　　「我確實在樹屋裡待了一段時間，」媽媽說：「但不是昨天，是幾天前。」

　　「昨天下午妳不在那裡，但昨天晚上有在，對吧？」爸爸問。

　　「我們昨天看到妳了。」小約翰說。

　　媽媽搖了搖頭，「你們看到的不是我，」她說：「我至少三天沒去那裡。」

　　「那我們看到的是誰？」凱斯問。

幽靈家族聊到深夜，他們幾乎沒注意到瑪格麗特一家人在吃晚餐，或是在他們周圍打掃廚房。凱斯向媽媽展示了分開以來，他所學到的所有新幽靈技巧。

「做得真棒，凱斯。」媽媽說道：「我以你為榮。」

他跟小約翰告訴爸媽關於圖書館的事情，還有那個祕密房間。

在踏地人一家熄燈並上床睡覺後，媽媽和爸爸分享了舊校舍拆除之後的事。他們四處飄蕩，試圖找到家人。媽媽曾在一家服裝店、一所學校（克萊兒的學校），還有幾棟房子裡待了段時間。她聽說圖書館有幽靈，但是一直沒能成功找到圖書館。

爸爸曾待在老舊的穀倉、農舍、旅館，還有現在這棟房子。他不像凱斯、小約翰和媽媽曾遇到其他幽靈。只有他沒有遇到。

　　「這個鎮上的這一區應該沒有太多的幽靈。」媽媽說。

　　「我們知道至少有一個。」小約翰從廚房的窗戶向外眺望時說：「你猜猜怎麼回事，它現在正在樹屋！」

第八章

不要嚇到
瑪格麗特

「那是誰？那個幽靈是誰？」他們聚集在窗戶周圍時，媽媽問道。

如同前幾個夜晚，幽靈般的光在樹屋周圍閃爍。

「也許是芬恩。」小約翰說，芬恩是他們家裡唯一還不知去向的。

爸爸試著以時短時長的頻率發光：短、短、短、短。短。短、長——短、短。短、長——短、

短。長——長——長——

「你說了什麼？」小約翰問。

「他說『哈囉』。」媽媽說。

「芬恩也知道摩斯密碼嗎？」凱斯問。

「我不知道。」媽媽回答，她轉向爸爸，「我們應該教孩子們摩斯密碼。」

「我們的確要，」爸爸同意，「如果我們再度分開的話，他們就可以用這個傳話給我們。」

樹屋幽靈在窗前飄來飄去，他沒有在窗口停留足夠長的時間，讓凱斯和他的家人好好看一看。而且他也沒有回應摩斯密碼的訊息。

「我們需要找到去樹屋的方法，」爸爸說：「只有這樣，我們才能知道是誰在那裡。」

「我們可以叫醒瑪格麗特，讓她叫克萊兒

來。」小約翰建議，「克萊兒會帶我們去樹屋。」

「我們不能半夜打電話叫克萊兒來。」凱斯說，他揮動雙手表示不可行。

「為什麼不讓那個踏地女孩自己帶我們去樹屋呢？」媽媽提議。

「她不像克萊兒那樣可以看見或聽到幽靈。」凱斯說：「如果我們在半夜發光和哭嚎，可能會嚇到她的。」

「你一定要拒絕我們提出的每個想法嗎？」小約翰問。

「我不是說完全不行，」凱斯說：「我只是覺得我們必須想好怎麼問她，不要嚇到她了。現在又是晚上，踏地小孩對晚上的一點點動靜，更容易感到害怕。」

「凱斯，也許你或小約翰可以跟她說話看看，」媽媽說：「你們和她一樣是孩子，她不太可能害怕其他小孩。」

「我去我去。」小約翰邊朝天花板衝去邊興奮地喊著。

「不行。」凱斯說著，抓住他弟弟的腳，並把他拉了回來。「我會去啦。你不夠小心，小約翰。」

小約翰噴一聲，「我可以小心的。」

媽媽摟住小約翰，「我們讓凱斯去好嗎？」

「好吧。」小約翰說：「但我們至少能和他一起去吧？」

「如果你安安靜靜的，而且不發光的話就行。」凱斯告誡。

凱斯飄向天花板，穿到瑪格麗特的房間，小約翰、媽媽和爸爸也跟在後面穿越。

瑪格麗特睡得很熟，在床上打著鼾。

凱斯飄過去，「幽靈……」他輕輕地在她耳邊哭嚎，「幽靈……在……樹……屋。」

瑪格麗特依然熟睡。

小約翰哼了一聲，「有些事情太小心就會這樣，你知道的。」

「噓！」媽媽說，捏了捏小約翰的肩膀。

「為什麼？她又聽不到。」小約翰說。

「幽靈……」凱斯再次哭嚎道，「幽靈……在……樹……屋。」

這次瑪格麗特翻了個身。

「有……一個……幽靈……在……樹屋。」凱斯繼續哭嚎，「去……那裡。」

「去……去……樹屋……，去……樹……屋……，帶上……水壺……你……可以……倒一點……水……在幽靈……上面……」

「凱斯！」媽媽、爸爸和小約翰異口同聲。

「你在說什麼？」媽媽震驚地喊道。

「我在嘗試讓她有帶上水壺的理由，」凱斯說：「這樣我們就可以跟在裡面移動。」

瑪格麗特把毯子扔到一邊，睡眼朦朧的走到窗前。凱斯很疑惑當他和家人在周圍飄浮時，她是否已經醒了。

樹屋一片漆黑。

＊　＊　＊　＊　＊　＊　＊　＊　＊

瑪格麗特回到床上睡覺。直到天亮，樹屋都是一片漆黑。

瑪格麗特隔天早上起來後，凱斯再次對她哭嚎，這次是新訊息，「找……克萊兒……找……克萊兒……」

瑪格麗特雙眼睜大，「誰在說話？有幽靈在我的房間嗎？」

　　「對……」凱斯哭嚎，「我……不會……傷害……妳，只要……妳帶……克萊兒……過來……」

　　瑪格麗特抓起她的包包，急匆匆地跑出去。凱斯希望瑪格麗特有聽到這段話。

　　一整天，幽靈們都在瑪格麗特和亨利的家消磨時間。媽媽看著樹屋，試著找到幽靈的蹤跡。凱斯和小約翰玩著瑪格麗特和亨利的玩具。而爸爸想法子打開了電腦，並進到亨利的轟炸蟲子遊戲。

　　瑪格麗特回到家時，克萊兒並沒有一起來。

　　「可惡。」凱斯說。

　　晚餐過後，門鈴響了。肯雅和奧莉維亞帶著小

行李箱和睡袋進來。

還是沒有克萊兒。

然後門鈴又響了，這次是克萊兒。如同肯雅和奧莉維亞一樣，她一手提著小行李箱，一手拿著睡袋。她還背著偵探背包，水壺則掛在肩上。

「妳終於來了！」凱斯說。

克萊兒對凱斯咧嘴一笑。當她看到凱斯媽媽在他身後時，睜大了雙眼。

「克萊兒，」凱斯介紹，「這是我媽媽。媽，這是克萊兒！」

「很高興認識妳。」凱斯媽媽禮貌地說，她與踏地女孩們保持一段距離。

克萊兒無法在肯雅、瑪格麗特和奧莉維亞面前和幽靈說話。「謝謝妳邀請我來妳家過夜。」她對

102

瑪格麗特說話的同時，把睡袋挾在手臂下。

「我很高興妳能來。」瑪格麗特說。

女孩們拿著她們的東西依序走到廚房。凱斯、小約翰還有他們的父母飄浮在後。

「女孩們，妳們確定要睡在樹屋？」瑪格麗特的媽媽問。

「確定。」她們齊聲回答。

「我們今天晚上要抓到一個幽靈。」瑪格麗特補充道。

「或者……我們會抓到一些試圖扮鬼嚇人的男生。」肯雅插話。

「好吧。不過我不會鎖上後門，以防妳們夜裡想回來。」瑪格麗特的媽媽說：「等等，別忘了手電筒。」

「萬無一失。」克萊兒說，拍了拍她的包包。

瑪格麗特打開流理台下的櫥櫃，掏出兩個手電筒，一個插在口袋裡，另一個遞給奧莉維亞。

「我們走吧！」凱斯說。他和小約翰縮小……縮小……縮小，然後穿進水壺裡。

凱斯的媽媽看起來有點遲疑。

「沒什麼的，伊莉莎，」爸爸說：「我之前做過。」他伸手去牽媽媽的手，兩個幽靈縮小……縮小……縮小下來，跟著穿進水壺裡。

因為有四個幽靈擠在一起，所以他們又都縮小了一點。

「出發抓幽靈！」瑪格麗特打開後門說道。

105

第九章

良好的藏身處

外面開始暗下來。瑪格麗特率先爬上繩梯，其他女孩把行李箱、睡袋和手電筒傳給她，她把所有東西堆在門廊上，並打開樹屋的門。

其他女孩爬上繩梯後，抓上自己的東西，爬進樹屋裡。克萊兒關上她們身後的門，打開手電筒。凱斯、小約翰、媽媽和爸爸穿過水壺，膨脹到原來的一半。若是他們全都膨脹回原來的大小，就太擁

擠了。

他們環視四周，沒有看到樹屋裡有其他幽靈。

「也許那個幽靈藏起來了。」小約翰說。

「哪裡？」凱斯問。

「我不知道。」小約翰聳聳肩，「但它總會回來的，也許它從來沒有真正離開過。」

也有這個可能，凱斯心想。**幽靈可以藏在這裡的哪個地方嗎？**

「為什麼妳這麼肯定樹屋裡有幽靈，瑪格麗特？」肯雅問話的同時，撲通一屁股坐到紅色枕頭上。奧莉維亞在旁邊的綠色枕頭上啪嗒一聲坐下。

「我不確定我是在做夢，還是真的發生過，」瑪格麗特說：「但我昨晚睡夢中，聽到了一個聲音，它說樹屋裡有一個幽靈。」

「那是我。」凱斯告訴克萊兒。

「它希望我去樹屋，還要帶上半滿的水壺，然後把水倒在幽靈身上。」瑪格麗特補充。

肯雅和奧莉維亞忍不住笑了起來。

克萊兒立刻瞪了凱斯一眼。

「我可以解釋──」凱斯開口。

「那一定只是一個夢。」奧莉維亞對瑪格麗特說道。

「我也這麼想。」瑪格麗特說：「我起來走到窗戶前面，但沒有看到樹屋裡有什麼東西。雖然不久前的晚上，我確實看到幽靈了，亨利也是。再來今天早上，我在房間裡聽到幽靈的聲音。它不再待在樹屋了，而是跑到我的房間。它跟我說要找克萊兒來。」

「它怎麼知道克萊兒的名字？」奧莉維亞問。

「等等。」肯雅舉起手發問，「妳認為幽靈現

在在妳家？」她問瑪格麗特，「那我們在這裡要幹嘛？」

　　瑪格麗特抬起手在空中揮舞著，「我不知道它是不是在我家，也不知道它有沒有在這裡，更不知道它在哪裡！」

　　「那妳今天早上在家裡看到一個幽靈？真的嗎？」奧莉維亞問。

「這個嘛……我沒有看到它，我是聽到的。」瑪格麗特說。

「那妳怎麼會認為它是幽靈？」肯雅問。

「因為它跟我說它是！」瑪格麗特說。

肯雅看起來很懷疑。

克萊兒在她面前伸直雙腿，「我們就看看今晚有沒有幽靈來找我們。」她說：「就算沒有，在樹屋裡睡覺還是個很有趣的經驗。」

凱斯和他的家人在樹屋裡到處飄，媽媽停在一扇窗前，凝視著外頭。爸爸在另一個窗口晃來晃去。凱斯和小約翰在女孩們上方來回飄。

「我想知道那個樹枝裡面是不是空心的。」小約翰突然迸出一句話。

其他幽靈和克萊兒都轉頭看向樹枝。

「嗯～」凱斯說：「如果是空心的，那它就是幽靈最佳的藏身地點。」

凱斯把他的手臂插入樹枝裡，「我感覺它是空心的。」他說著，然後慢慢**縮小**……**縮小**……縮小，然後穿越進樹枝裡頭。

「我們凱斯變得好勇敢。」媽媽的聲音從樹屋裡傳來。

有他爸媽和克萊兒在身邊，凱斯感覺充滿勇氣。他眨了眨眼睛幾次，以便適應黑暗，再環顧四周。樹枝內部是中空的狹窄通道，樹枝上還沾有一些汙垢和灰塵。

凱斯再縮縮縮小……下來，頭朝前穿過通道。

「哈囉？」凱斯呼喊，「有誰在這裡嗎？」

他沒有看到任何幽靈。

　　他飄得更遠一點，直到來到一個金屬箱子前，這東西擋住了通道大半部分。凱斯不敢太靠近，他可以感受到來自外面的空氣從箱子的兩側吹來，這意味著箱子的另一邊可能是通到外面。

　　凱斯翻了個筋斗，開始往回飄。他突然停下來，因為他聽到很大的尖叫聲。

　　媽媽、爸爸還有小約翰突然出現在通道裡。

　　「發生什麼事？」凱斯飄去會合時問道。

「幽靈回來了。」小約翰說：「不過他不是幽靈，是一個拿著手電筒的小孩。」

「是誰？」凱斯問。

小約翰聳聳肩，「我們看到的只有手電筒燈光，他才剛開門進來，那些女生就開始尖叫，到處爬來爬去。」

「然後入侵者馬上就嚇跑了。」爸爸說：「那些女孩叫得那麼大聲，誰不會跑走呢？幸好有個女孩跑去追他，其他人準備打開窗戶時，我們就穿進樹枝了，我們可不想被吹到外面去。」

媽媽不安地擰著雙手，「那些踏地女孩抓到入侵者後，可能會回到房子去，」她哀嘆，「然後我們會永遠卡在這棵樹裡。」

「不，我們不會。」凱斯說：「克萊兒不會丟

著我們不管，她會回來救我們的。」

「你確定嗎？」媽媽問。

「一定會的。」凱斯說。

第十章

逮到啦！

「凱斯？」克萊兒在樹枝外呼喊,「門和窗戶都關了,你們現在可以出來了,不過要快一點。」

「看到了嗎?」凱斯對他的家人說:「我就跟你們說克萊兒會回來的。」他穿過樹枝,飄回樹屋。小約翰、媽媽、爸爸跟在他後面飄。

「我就知道她會救我們的。」小約翰一邊說一邊膨脹。

「不，不要膨脹。」克萊兒說，她伸出水壺，「快！快點進來。」跟幽靈們說話的同時，她努力地看向窗外。「我想瑪格麗特和肯雅抓住了入侵者，我想看看是誰。」

「我們也想！」凱斯穿過水壺的側面時說。小約翰、媽媽和爸爸緊隨在後。

克萊兒把水壺背帶繞過脖子，然後匆匆走出門，沿著繩梯爬下去。當她快接近地面時，就直接跳下去。

外面一片漆黑，不過瑪格麗特家的燈光照亮了後院。

「我敢說，跟這個踏地女孩生活，一定總是伴隨著冒險。」媽媽說話的同時，克萊兒在院子裡跑了起來。

「呃⋯⋯是有點。」凱斯說。但冒險是件好事，不是嗎？

克萊兒跑過滑梯，跟其他女孩會合。奧莉維亞和肯雅逮到一個人──亨利的朋友山姆。

瑪格麗特雙手交叉站在他面前問：「你為什麼要闖入我們的樹屋？」

「我跟妳說過啦，我要找寶藏。」山姆說完想往前衝，但奧莉維亞和肯雅緊緊地抓著他的手臂。「我必須要找到寶藏，才能加入尋寶者社團。」

「我們的樹屋裡沒有任何寶藏。」瑪格麗特說道。

「我的手機顯示有，」山姆堅持，「如果妳放手，我可以給妳們看。」

奧莉維亞和肯雅交換了一個眼神。

「好，就給我們看。」奧莉維亞說，她們鬆手放開他，但她們兩個人都準備好隨時抓住他，如果他想逃跑的話。

山姆的手伸進外套口袋，拿出手機。

「對你這個年紀的小孩而言，你拿的手機還真好。」肯雅說。

「這是我爸的舊手機。」山姆聳聳肩說：「他有新的。」他打開手機，螢幕發出藍色的光芒。

真像幽靈發出的光，凱斯心想。

山姆在螢幕上滑動手指，然後把手機給女孩看。不巧的是，凱斯和他的家人從克萊兒的水壺裡看不到螢幕。

　　「綠點代表我們的位置，紅點則是寶藏的位置。」山姆解釋，「我們過去紅點的位置。」

　　他們慢慢地朝樹屋移動，緊靠著彼此，眼睛都盯著山姆手上的手機，最後停在樹屋下面。

　　「看到了嗎？」山姆說：「這兩個點交疊在一起，表示寶藏就在這裡。」

　　「哪裡？」小約翰問。

「我已經跟你說過了，我們的樹屋裡面沒有寶藏。」瑪格麗特說。

「我不知道藏寶箱是什麼樣子，但它有可能在那裡，只是妳不知道。」山姆說：「可能是一個像這樣大小的金屬盒子。」他張開雙手表示，「或者可能是這樣的小盒子。」他把拇指和手指分開一吋，「它可能比較像是一個小盒子。」

凱斯在克萊兒的水壺頂端附近飄浮著，「克萊兒！」他喊著，「我在樹枝裡看到一個金屬盒子，除非妳能進到樹枝裡，不然在樹屋裡是找不到它的。但樹上肯定有個洞，盒子就在那裡。我可以感覺到有空氣在盒子的四周吹拂。」

「或許樹上有一個洞。」克萊兒對其他人說：「那可能就是藏寶箱的地方。」

「那裡有個洞。」山姆說：「它在這裡。」他領著大家走到樹邊。

奧莉維亞把手電筒照向那個洞，洞的大小有克萊兒的水壺那麼大。

「沒有東西在裡面。」山姆把手伸進洞裡掏了又掏。

克萊兒走過去說：「可能是你的手搆不到。」

山姆走到旁邊，克萊兒把整隻手臂放進洞裡。

「小心一點，克萊兒。」奧莉維亞緊張地說：「萬一裡面有山貓或是其他東西咬斷妳的手那該怎麼辦？」

「這個洞對山貓來說不夠大。」肯雅說。

「這裡有東西。」克萊兒說。她的臉頰貼著樹幹，再往裡面伸了一點。

「活的嗎？」奧莉維亞問。

「不是。」克萊兒說。她踮起腳尖，扭動手臂再伸得更進去。最後，她拉出一個方形的金屬盒子，「這就是你說的寶藏？」她問山姆。

「可能吧。」他接過盒子，然後打開來。

「我想看！我想看！」小約翰伸長脖子說。但情況一樣，幽靈們在水壺裡的視野看不到。

奧莉維亞把她的手電筒照向金屬盒內，山姆拿出一張紙，並把它展開，藉著燈光唸出內容。

「恭喜你！這張紙證明你有資格加入摩根伍茲寶藏社團，把盒子放回原位，然後帶著這張紙去找丹尼爾、奧斯丁或者霍。歡迎加入社團。」山姆高舉拳頭揮舞，「耶！我成功了！」

「恭喜。」肯雅冷漠地說：「現在，你可以離我們的樹屋遠遠的了。」

「話說，你怎麼會知道我們樹屋的密碼？」瑪格麗特問。

「妳弟弟，」山姆承認道，「我跟他說，如果他告訴我密碼，我就可以在裡面找寶藏，就會想辦法讓他加入社團。」

「所以你是那個砰的一聲關上門，然後發出『**走啊～～走啊！**』的人？」奧莉維亞問。

「對，」山姆說：「我試著讓妳們離開，這樣我才可以來找寶藏。」

「我就說吧，根本沒有真的幽靈。」肯雅說。

＊ ＊ ＊ ＊ ＊ ＊ ＊ ＊ ＊ ＊

隔天早上，克萊兒用水壺帶著凱斯、小約翰、媽媽和爸爸，準備回到圖書館。

「等你們看到圖書館，」凱斯跟他的父母說，「你們就會喜歡上它，會發現對我們家而言，那是一個完美的新靈靈棲。」他等不及要讓爸媽看看圖書館，但他也有點緊張，萬一他們不喜歡怎麼辦？如果他們認為那不是完美的新靈靈棲呢？

「到時候就知道了。」媽媽小心翼翼地說。

克萊兒蹦跳著走上台階，打開前門，「哈囉？媽媽、爸爸、奶奶。我回來了！」當她關上門後，

呼喊起來。

幽靈穿過水壺的一側，把身體膨脹起來。

「貝奇？科斯莫？我們也回家了，」凱斯呼喚，「猜猜我們把誰帶回來了！」

科斯莫從圖書館工藝室裡探出頭來，「汪！汪！」當他看到來人後，吠叫了起來。

「科斯莫！」媽媽和爸爸喊著，同時科斯莫飛快地奔向他們，「再見到你真是太好了！」

他們抱住科斯莫，科斯莫搖著尾巴。

然後貝奇從工藝室飄了出來，「喔，」他看到他們時說：「是妳！」

媽媽看到貝奇時，雙手放開了科斯莫，她驚訝得張開嘴巴，但什麼話也沒說。

「你們認識？」凱斯問。

「可以這麼說……」貝奇回答。

「怎麼會？」小約翰問。

「對啊，怎麼會？」爸爸問。

媽媽尷尬地笑了，「這個故事要改天再說了。」她回答。接著，她飄到貝奇身邊，向他伸出手說道，「很高興再次見到你，貝奇。」

「嗯。」貝奇伸手握了她的手。

國家圖書館出版品預行編目資料

鬧鬼圖書館7：住在樹屋上的鬼 / 桃莉‧希列斯塔‧巴
特勒（Dori Hillestad Butler）作；奧蘿‧戴門特（Aurore
Damant）繪；簡禾譯. -- 臺中市：晨星，2018.09
　　冊；　　公分.--（蘋果文庫；99）
　　譯自：The Ghost in the Tree House #7 (The Haunted Library)
　　ISBN 978-986-443-480-0（第7冊：平裝）

874.59　　　　　　　　　　　　　　107010825

掃描填寫線上回函，
馬上獲得晨星網路書店
50元購書金

蘋果文庫 99

鬧鬼圖書館 7：住在樹屋上的鬼
The Ghost in the Tree House #7 (The Haunted Library)

作者｜桃莉‧希列斯塔‧巴特勒（Dori Hillestad Butler）
譯者｜簡禾
繪者｜奧蘿‧戴門特（Aurore Damant）

責任編輯｜呂曉婕
封面設計｜伍迺儀
美術設計｜張蘊方
文字校對｜呂曉婕、陳品璇
詞彙發想｜亞嘎（踏地人、靈靈棲）、郭庭瑄（靈變）

創辦人｜陳銘民
發行所｜晨星出版有限公司
行政院新聞局局版台業字第2500號
總經銷｜知己圖書股份有限公司
地址｜台北 106台北市大安區辛亥路一段30號9樓
TEL：(02)23672044 / 23672047　FAX：(02)23635741
台中 407台中市西屯區工業30路1號1樓
TEL：(04)23595819　FAX：(04)23595493
E-mail｜service@morningstar.com.tw
晨星網路書店｜www.morningstar.com.tw
法律顧問｜陳思成律師
郵政劃撥｜15060393（知己圖書股份有限公司）
讀者專線｜04-2359-5819#230
印刷｜上好印刷股份有限公司
出版日期｜2018年9月1日
再版日期｜2021年1月15日（二刷）
定價｜新台幣160元
ISBN 978-986-443-480-0